글벗시선194 신순희 두 번째 시집

그렇게 잠잠히 흘러가리라

신순희 지음

도서출판 글벗

두 번째 시집을 출간하며

지나간 모든 시간 속에 무수히 찍히는 발자국처럼 흔적은 없지만 모양은 공간에 가만가만 놓입니다. 새긴 우정이 가슴에 있다면 빚은 글귀는 영혼에 도착하는 것 같습니다.

불현듯 스치는 기억도 다가오는 감정도 때론 위로가 되었습니다. 삶이란 지나고 보면 바닷가에 뒹구는 빈 조개껍데기처럼 텅 빈 것 같지만 알맹이는 누군가와 나누었겠지요. 알맹이를 뽑아 가는 누군가는 또 다른 이와 정답게 나누며 살아가겠지요. 이처럼 그다지 별스럽지 않은 일상, 감정, 생활속 느낌, 계절 따라가는 마음을 나누어 봅니다.

햇살은 비추는 부분만 매번 비추고 지나가는지 모르겠습니다. 아마 자전과 공전의 주기가 고정되어서 그런 것 같습니다. 인생도 자전과 공전의 주기와 같다는 생각도 해보며 순응합니다.

제2시집을 펴낼 수 있게 도움 주신 글벗문학회 최봉희 회장님께 다함이 없는 감사의 마음을 전해 드리며 생명의 주관자 되시는 하나님께 모든 영광을 돌려 드립니다.

2023년 4월

■ 차 례

제2부 사랑에 빚진 자

제3부 사랑은 언제나 꽃잎에 물들고

제4부 비가 와서 좋은 날

제5부 빗속의 여인

제6부 나의 어머니

제1부

생의 덫

가을 텃밭 울타리

아직 꽃을 떨궈내지 못한
애호박이
어스름한 호박 넝쿨을
지키고 있다.
무슨 말을 하려다
입을 오므린 듯한
삐뚤어진 꽃
여름내 오가던 벌들은
코스모스 밭으로 모두
몰려갔을까

뿌리에 물기가 마르기 전에
너만은 온전해지기를
서두르면서
야무지게 찬서리를
이겨내길 바라면서

점점 야위어 가는 줄기는
아기 주먹만 한 알맹이를 힘껏
밀어 낸다.

가을비

바빠서 미처 부르지 못한
여름 노래가 피아노에 갇혔다

하늘은 골진 슬레이트 지붕을
두드리느라 손가락처럼
바쁘게 움직인다

그곳에서 따스한 음률이
묵직한 소리를 흘러 내고 있다

늦게 심은 옥수수수염 빨갛게 물들어
흐르는 빗방울을 받아
올록볼록 악보를 완성하고 있다

거름기 없는 묵밭에
빛바랜 아버지의 얼굴이
알알이 영글어 간다

고집이 때론 절망을 이끌고

창문에 흐르는 빗물처럼
내 마음 흘러내린다

중심을 잃고 흐느적거리며
군데군데 깁스가 집을 짓다 버리고 간
몸살,
삐거덕 삐거덕 온몸을 흔들며
지나간다

어둠이 고여
패인 옹이를 가득 메운
까만 눈동자가 서럽다

생(生)은
이렇듯 견고한 집을 허물어 가며
흐른다

그해 여름 병꽃나무에 꽃은 드문드문 피었다

빨간 단풍잎 문양이 새겨진
대리석 의자가 심심해 보이는
마곡나루 공원
보도블록 틈새로 비집고 나온
잡초가 의미 없는 눈빛으로 방긋거린다

그 옆 병꽃나무 무성하게 줄지어 있으나
꽃잎 몇 개 팝콘처럼
속을 홀딱 뒤집어 놓고 있다

그거 알아?
몹시도 힘들고 지친 데
글 쓰는 게 힘이었던 거

작년 11월 말에
부산에 상 받으러 가던 날
차비도 없어서 동생들한테
구걸했던 거

삶이 그 모양인데
그까짓 글이 뭐냐고

돈이 되는 일을 해야지 쯧쯧
친구들조차 비아냥거린다

사람들은 나를 안다고 하지만
아무도 나를 모른다
돈보다 더 절실하게 퇴적되고 있는
삶의 절망을
높은 절벽에서
날아보고 싶었던 충동을
심비에 꽂힌 말들이
꽃가지에 드문드문 피어
자신을 더 애처롭게 한다

너는 나의 별이야

해마다 은총의 달이 오면
우주 공간의 별들이
모두 땅으로 내려온다

온 누리에 뿌려진 빛 찬란하여
밤하늘 보지 않고
태어난 날 사라진 메시아를 본다

출생의 비밀을 흉내 낸 것은
고아와 과부
그와 같은 심정에
깊은 동행을 위함일까

외면하고 싶을 때마다
등 뒤로 들리는
빛나는 시선

너는 나의 별이야

눈알에 흐르는 빛, 낫고 싶다

오랫동안 약봉지를
털어 마시는 갓 육십을 넘긴 남자
스물네 시간 켜 놓은 티브이 옆에는
반 토막이 난 투명 봉지들이
흰 눈 내리듯 차곡차곡 쌓이고 있다
사계절 거르지 않고 꿀꺽꿀꺽
건강해지고 싶은 욕망만 삼켜댄다
살고 싶은 욕망이
목구멍 너머에 웅크리고 앉아있다
꼬깃꼬깃 구겨진 창자가
삶을 움켜쥐고 있다
하루 여섯 끼 이상을 먹으니
바싹 말라버린 인슐린은 몸살을 한다
공중에 몽글몽글 흩어지는 연기는
욕망을 갈기갈기 찢고 있다
기관지에 착 달라붙은 기침 가래와 함께
모세혈관을 목 졸라 숨통을 조인지 오래
그 힘은 온몸에 퍼져 살갗 속에
그 남자를 가두고 있다

죽기 전에는 빠져나올 수 없는
말라가는 욕망

머뭇거리다가

물에 대해서는
한 곳에 머물러 있는 물은
고인물 또는 썩물이라한다

사람에 대해서는
한 곳에 오래 있으면
안정감 있다 하고 우직하다 한다

생각에 대해서는
제자리에 머물러 있으면
퇴보한다고 한다

인생에 대해서는
한 발 멈춰 서는 것을
소풍이라 한다

메리골드

- 장미 허브

주인, 이대로 날 내버려 둬도
괜찮은가요

올해 여름 가뭄에 조금도
뿌리를 뻗을 수 없었어요

제 곳에 서 있기조차
힘겨웠어요

주변에 서늘한 그늘
찾을 길도 없었어요

작은 잎사귀 하나
내밀지 못했어요

늦은 가을날
엷은 속잎 하나 밀다가
밤새 내린 첫눈에 얼어붙었네요

설마, 뿌리 초자 얼게 두지 않을 거죠

벌개미취

영혼의 뜰에서
가닥가닥 햇살 한 줌 활짝 편다

고집스럽게도 그녀는
햇살은 희다고 말한다

깊은 감사로 오직 하얗게 빛나는
미소 때문일 거다

스쳐 가는 바람에 털어 내는
싱그런 꽃향기 때문일 거다

산소에 심은 마음

쓸쓸한 추석 향기가 지나고
심장에 흐르는 적막
근원에 연연하는 삶도
어쩌면 끼인 세대가 절정이겠다

생존의 치열한 시기
저출생이 주는 미래
누구를 탓할까
자본주의 단면이 커져가는
어두운 뒷골목에 모두가 서 있다

태어났으니 오직 살아 내야 하는
자녀들 등 뒤에 어린
암담한 고민들 고개 숙이고
시스템에 다가갈 수 없는
원망과 패배의 덩어리들 한숨뿐이다

너무 빠르게 변해서
준비 못 한 가정의례 준칙
고집보다는 더 절실한 합의점
차세대에 의탁할 기도는
나 가거든 산소 만들지 말고
하늘빛 자주 보고 살아가기를

생(生)의 덫

바라봐 주는 믿음
하나만으로도
낭떠러지를 잘 내려갈 수 있습니다

지켜봐 주는 사랑
하나만으로도
깊은 계곡을 건널 힘이 됩니다

수직의 높이가 얼마나 높던지
수평의 길이가 얼마나 멀던지

잠시 멈춘 곳에
숨고르기를 하고
그 길을 가고야 말 것입니다

쓸쓸한 겨울 문턱

여름내 논물 대어
길러 놓은 벼 이삭
다 털렸다

탈곡기에 털리고
논바닥째 털렸다

메뚜기도 털리고
참새도 털리고
정겹던 새참도 털렸다

풍요롭던 풍경도 털려
가난뱅이가 되어 주저앉았다

모두 빼앗긴 채 휑하니
그루터기만 줄지어
서릿발을 찌르고 있다

아침에 창문을 열면

밤새 하얗게 지새우며 함께했던
모든 잔재들이 창틀을 넘어간다
잠꼬대의 언어들,
퀴퀴한 호흡
한 날의 잠들었던 일상
전봇대 위의 새소리를 타고
조금씩 빠져 나간다
은총의 기도를 마치고
한 모금의 아침을 마시면서
매일 보는 전봇대 속에서
새로운 영상을 읽는다
아침에 태어난 조각구름
자연의 신비로운 음악
세상이 굴러가는 바퀴 소리
일기예보, 미세먼지, 체크하고
도시의 하루를 시작한다

안개꽃 피어나는 한강에는

한 줄기의 가녀린 꽃대여라
한 아름의 풍성한 꽃이여라
한 겨레의 마르지 않는 물 뿌리여라

수 천 년을 피고 지고
새롭게 맺히는 이슬 같은 꽃봉오리
눈부시게 피어오르는
장엄한 풍경이 뿌옇게 감싼다

그 속에서
많은 기적들이 일어나
한 묶음의 코르사지로
저명한 양복 옷깃에 달린 한강
유유히 흐르는 빛이 자랑스럽다

자손만대에 사랑받을 운무
보일 듯 보이지 않은 듯
높고 낮음을 하나로 가려주는 은총
끈질기게 꾸려나가는 대한민국

응원하는 음성 메아리로 울린다

잃어버린 이름

매일 오고 가는 출퇴근길
뒷주머니 손지갑 안에는
교통카드만 넣는다

잃어버리는 것
잊어버리는 것

자칫, 신상 털리는 세상에 살면서
자진해서 공급자가 되기 싫은 것은
자신이 첨단 기술의 제물이 되기 싫은
마음 때문이다

신용 복제인간이
수두룩한 세상,
나도 모르는 또 다른 나 아찔하다

저녁 산책로

카프리 썬 포장지 꼭대기에
깊숙이 꽂은 빨대
허우적대는 혓바닥을 멈추고
부드러운 갈증을 뽑아 올린다
가느다란 혈관 같은 오솔길을
모두 뽑아 올린다
이마에 맺힌 땀방울까지 힘껏
뽑아 올린다

달이 나에게 자꾸 말을 걸어왔으나
귀뚜라미 왁자지껄 떠드는 소리에
한마디도 제대로 듣지 못했다
살갗에 들러붙는 트레이닝 상의처럼
엉겨 붙는 축축한 지방
온몸 구석구석 고지혈증과의
긴 싸움이 너무 지루하다

점심 산책

산새들의 맑은 노랫소리는
알이 빠져나가고 없는
땅에 떨어진
텁수룩한 도토리 빈집을
헹궈낸다

도토리 집을 주워
양쪽 귀에 대고
엄마 목소리를 듣는다

도토리묵이 구수하게
끓여지고 있는
굵은 공기 거품이 보인다

그곳에서도 가족을 위해
맛 나는 도토리묵을 쑤고 계실까

점자

송곳에 찔려 볼록볼록
돌출된 부분이
당신의 마음을 읽는다

계단으로 내려가려는 마음
곧은 길을 걸으려는 마음

여행하고 싶은 마음
보고 싶은 마음
노래하고 싶은 마음

늘 가까이서 손끝에 스쳐야
서로를 알 수 있는 것
가끔,
차운 벽에 붙어있어
따스한 가슴을 느끼지 못하게
할 때도 있다
전율은 딱딱함을 읽는 것

종자와 시인 박물관

너나 나나 흙에서 태어났다
흙냄새를 알고
썩어 쾌쾌한 거름 내음 맡고 태어났다
두텁고 거칠든지
얇고 반질거리든지 모두가
언젠가 돌아갈 고향은 흙이다

차다 찬 비바람 맞으며 떨며
서걱거리는 표정을 감추며
웃다가 맺은 열매이다

누군가에게 갇혀 있음에도
행복하고
누군가에게 소망이 될 만한
알맹이를 담고 있어 뿌듯하다

유한한 삶을 초야에 새기든지
유구한 삶을 돌비에 새기고
오랫동안 지켜볼 일이다
누군가의 생(生)을 이어줄 생명이기에
* 글벗백일장 장려상 수상작품

My home

끝없이 펼쳐진
잔잔한 은하수로 돌아가리

평온한 물결
바위를 어루만지는
수평선으로 돌아가리

고요를 달고 흘러나오는
풀벌레 소리 가득한
숲속으로 돌아가리

눈을 감으면
더 멀리 보이는
물소리를 따라가리

초원을 지나 산등성이를 지나
꽃들을 수놓은 바람 따라 가리

아득히 먼 곳이어야 하리
다시는 뒤돌아보지 않을 곳이어야 하리

편히 쉴 곳
본향은 그런 곳이어야 하리

저녁마다 밤마다
새벽에 동이 트기까지 만이라도
그런 곳이어야 하리

제2부

사랑에 빚진 자

겨울비

얼음으로 덮인 계곡 위로
얼음장 같은 냉가슴이
방울방울 패인다

강 건너 먼 산엔
희뿌옇게 보이는 차가운 설빙도
빛나는 반질거림도
절경으로 스미나

미끄러져 흘러내리는
악몽 같은 세상은
온종일 두껍게 덧칠해 간다

사람아 사랑아,
너무 멀리는 가질 마시게
마음의 겨울비 녹으면 곧
봄이 오리니

겨울비 한 방울 번지는 날에

소한(小寒) 날에는
눈 대신 비가 봄비처럼
차분히 내리고
폭우라는 일기예보를
안고 있다

차갑지 않은 빗방울
뜬금없이 후드득
마른 나뭇가지는 안고 있던
텃새를 풀어 놓는다

가만가만 발자국 소리 고인
검정 우산이
중년의 연인들을 안고
걷고 있다

지나온 길보다
나아갈 길이 짧은 것을 아는
경륜의 깊이는
뚫지 못하고 번지는 것만으로도
따스한 체온이 흐른다

공감의 수레바퀴

시를 읽으면
그 사람이 보입니다

시를 낭송하면
그 사람이 울립니다

한 번도 뵌 적 없지만
마음의 생김새
구석구석 보입니다

암울했던 흔적도
넘치는 기쁨도
영혼의 호흡까지
느껴집니다

시는 그 사람입니다
시를 낭송하는 나는
그 사람이 됩니다

귀(耳)

오래전부터
세상 소리 궁금해
질긴 볼살을 뚫고 길을 나섰다

새겨들으려
바퀴를 둥글게 모으고
담아 두려고 동굴을 깊게 팠으나
소리는 들리지 않고
느슨한 안경테 바로 당겨 걸쳤다

멀뚱거리다가
지나간 음성을 다시 끌어당긴다

소용없다
초미세먼지가 귀에 걸려와 자꾸
귀찮게 한다
대문 안에서나 밖에서
두근거리게 당긴다

갈 곳도 설 곳도 담을 것도 없어
이어폰으로 입구를 막았다

숨통 막혔다

빠져나가지 못한 소리가
동굴 안을 쾅쾅 울리며 괴성을 지른다

세상은 결국
보랏빛 안개 가려진
열광 속 음악이라고

귀도 떠야 들린답니다

마음의 불을 끄는 소방관이 되고자
서울을 품은 산자락
신뢰라는 약속의 힘을 지닌 채
물끄러미 에워싸고 있다

연약한 목소리는 찾아가서 듣고
소외된 취약계층은 참여해서 듣는 이
흐르는 물결 위에
아스라이 부서지는 윤슬처럼
침묵으로 듣는 귀를 열고 있다

강물은 흘러가도
강줄기 남아 있듯
한강을 굳게 잡은 다리
시대를 떠내려가는
마음의 물결을 잡아 준다

서울이 행복해지기까지
다양한 소통의 수단은
그의 더듬이
해맑은 미소는 이루어가는 리더십

* 박원순 팬들의 날에(2019.12)

꽃터

그의 터전은 까칠까칠한
껍질에 있었다

손을 내밀고
팔을 흔들고
발그레한 수줍음
환호성을 받아도

한쪽 발은 까칠한 껍질을
떠나지 않는다

자라면 자랄수록
깊이 빠지는 발목
그곳엔
향기와 맵시가
더 짙어진다

끈

몸을 둥글게 감싸는 리본체조
머무르면 모습이 사라지는
바쁜 끈
조금만 더 길면 좋았을
사라진 인연 끈
매번 하는 일마다 마무리하고
넘어가는 매듭 끈
조금 있으면 떨어질 듯한
낡은 끈
준비성이 가득한 뭉치는
뒹굴뒹굴해도 듬직한 끈
애써 가까이 가려 해도
손이 닿지 않는 끈
굵음을 자랑해도
부식이 잘 되는 끈
가늘어도 팽팽한
간격을 주는 끈

생명의 끈
목숨의 끈
사랑의 끈
여기 보이지 않는
질긴 끈도 있다

당신, 거기 있어 줄래요

당신 앞에 서면
어떤 태도를 취해야 할지
걱정이 앞섭니다

형질을 빚어 주신
온순함 퇴색되어
난폭하게 빗나간 화살처럼
머리를 흔들고 살아온 시간들

부러지지도 곧아지지도 않은
휘어진 채로 걷는 모습이
우스워 보일 테니까요

태중에 일어난 세포 분열처럼
여기 붙었다 저기 붙었다
분열의 삶을 줄줄이 꿰어 맞춰나가는 꼴
어리석기 짝이 없을 테니까요

내 힘 아닌 당신의 인자로
내 노력 아닌 당신의 긍휼로
내 모습 이대로 갑니다

두 개의 머그잔

창공에
흰 구름 같은 뽀얀
머그잔 두개에
지나간 일 년이 담겨 있다

세이레,
봄 풀잎이
피기 시작하고
들꽃 여인들이
이곳저곳에서 손짓할 때
그들과 함께
새벽하늘을 향해
피어올랐다

세이레,
떨어진 낙엽을
찬바람으로
휩쓸며 잡으며
한 해의 마지막을
쏟아낼 때
그들과 함께

새벽하늘을 향해
울부짖었다

은혜로 가득 담아
채운 가슴엔
텅 비어 정돈된
두 개의 질그릇
새벽기도 완주 기념품

동이 틀 즈음 어느 골목

그 집 앞
식삿값을 던지고
술값을 던지고
담배꽁초도 던졌다

담뱃값도 받고
술값도 받고
담배꽁초는 던진다

수많은 사람들
그 집 앞 밟고 지나간다

어떤 사람은
그 집 주인 밟고
지나간다

부당 없는 친구

잠을 잘 때마다
한쪽 트임이 있는
도넛 베개를 베고 잡니다
엎드리고 싶을 때 얼굴을 묻고
숨 쉴 수 있고
눈이 침침하고 피로할 때 눈을 가려
안대로 쓸 수 있고
목감기 초기 현상일 때
목도리로 둘러 목을 따뜻하게 합니다
배가 차가워 잠이 설쳐질 때
배 위에 올려 온도 조절도 해줍니다

언제 어디서나
내 편이 되는
너만이 내 친구입니다

부모님 사랑

우연인지 필연인지
지구상에 커다란 힘 하나 던져졌다

적당한 온도를 유지해주며
생명체가 자라기에 최적의 환경
어둠 속에서도 체온처럼 느끼는
손길을 알아차리며

팽팽히 당기는 힘은
말썽꾸러기를 언제나 제자리로 돌려놓는다
벗어날 수 없는
저항할 수 없는 그 큰 힘
극한 상황에서도 늘 함께였다

정신없는 회전이 몰아칠 때
더욱 굳게 잡아당기는 중력
계시지 않아도
그곳에 항상 계시는 부모님 은혜

사랑의 빚진 자

갚을 수 있는 건
빚이라 하고
갚을 수 없는 건
은혜라 합니다

손바닥에 놓아준
조그만 꽃씨 하나
혈관을 타고 꿈틀거립니다

모래톱에 새겨진
발자국 허물듯
어디선가 불어오는
따스한 바람은
은혜의 향기로 허물을 덮습니다

꽃씨 때문에
꽃밭은 훨씬 단정해지고
머지않아 봄이 올 것입니다

사실과 진실

사실이 있던 자리에
진실은 없었고
사실만 있다

밀려난 진실은
사실에 틈을 내며
자꾸만 모래에 물 스미듯
젖어 든다

사실은 진실이 얼씬도 못하게
더 확실한 사실을 만들어 낸다

진실은
담은 그릇만이 알고 있다

상고대(霧氷)

감추어야 할 것 많은 찬서리
능선을 하얗게 다져 밟느라
숨이 가쁘다

밤새 얼어붙은 우듬지
찔러대는 바늘을
온몸으로 털어내 흔들어도
자석처럼 달라붙은 서릿발

얼마나 밟아댔으면
시리다가 하얗게 아문 상처
매끈하게 굳어진 빗살 무늬
겸손한 한 빛을 내고 있다

침묵은 무언의 함성을 지르며
무(無)에서 유(有)를 건너는
메아리로 서 있다

겨울바람은
바느질 촘촘히 박아놓고
디자이너는 능선을 가위질한다

씀바귀꽃이 건넨 말

나더러 쓰다고
고개 젓지 마시게
고개 저으며 꿀꺽 삼키면
그만인 것을
나보다 더 쓴 이를
만났으니
자식 앞세운 어미의
입맛이라 하더이다
내 온몸의 진액이
그 어미의 슬프고도 쓴
눈물만 할까
나의 갈라진 뿌리가
그 어미의 갈라진 입술만 하랴
아무 일 없다는 듯
조 밭매며
호미로 내 뿌리 캐낼 때
난 보았지

예견된 사별

우리 아버지 주일 아니면
월요일에 가시게 될 것 같아요

죽음의 길을 지켜보다가
죽음보다 더 무서운
갑작스러운 외로움에 직면하게 된다

갈 곳 없는 마음을 웅크리고
봐주는 이 없지만
자꾸 뒤를 돌아보게 되는
중환자실의 출입문

인공 호흡하지 않겠다는 동의서에 서명하고
수면 처방에 또 서명하게 되면서
아버지의 먼 길을 배웅해야만 하는 아들

쪼그려 주저앉는 두 무릎 사이로
울음조차 기어들어가는
들썩거리는 두 어깨

멎을 듯 몰아 내쉬는
숨 가쁨이
아버지를 따라가고 싶다

새해 일출

하늘에 길을 내고
당차게 떠오르는

시뻘건 희망 하나
바다를 조각한다

흐르는 시간
염원 속에
묵은 껍질 떼 내며

마음눈 활짝 뜨고
정해진 궤도 돌기

푯대를 응시하는
그 눈빛 또렷하다

걸림돌 뽑아낸 자리
디딤돌로 채우리

지나간 기억의 날들

잠시 비웠을 뿐인데
텅 빈 산자락
구름이 걸렸다

전에 보이던
절벽에 붙은 솔가지
아래로 숙이고

너여 나여 안부하던 까마귀떼
잠잠히 간곳이 없고
종달새 소리 산만하게
고요를 뚫는다

수개월 동안 이 산엔
무슨일이 있었나
혼자만 알고 있는
떠나야만 살리는 법

그대 떠나서
희생 제물 향기는 어디로

찻잔 속에 울컥 목이 멘다

탁자 위로 흐느껴 피어오르는
카페라떼 향기에
그 모습 보일 듯 말 듯
쓰윽, 쓸고 가는 매정한 그리움

흘러나오는 시린 음악 소리가
더 적막한 오후
무너져 내릴 것만 같은 격정의 반란

고추잠자리 첨벙거렸던 추억
회환으로 얼룩지며
창가 먹구름에 마음을 올려놓아
고향을 향해 떠나는 빗줄기
황량한 벌판까지도 촉촉이 적셔준다

짙게 낀 안갯속
빠져나오지 못한 오열
그날, 차가운 바닷가에 머물렀다

희망

시간이 날 위해
멈추지 않더라도
괜찮아

내가 잠시
쉬었다 가면
되는 거니까

어떤 상황이 나의 미래를
빼앗아가려 할 때
손 놓지 않으리라

지금도 이겨가고 있으니

제3부

사랑은 언제나
꽃잎에 물들고

가로등보다 밝은 새벽달 비칠 때

머지않아 동틀 무렵
새벽이슬 다녀간
축축한 기운이 상쾌한 거리
하루를 즐겁게 여는 그 무엇이 있다

달빛 그림자 따라와
삶의 꿈틀거림을 새롭게 하는
짧은 골목

가로등인 줄 알았던 빛
어스름 모퉁이 밝히 비추고
플라타너스 움트는
가지에 걸린 하루는
침묵이 드리운 솜사탕 같다

검토하는 삶

좋은 말이란
아직 경험해 보지 않은
상황에서는 얼마든지
"예"가 될 수 있어도

깊은 웅덩이 속에 있는
대상에게는
건져 낼 도구를
쥐어주는 방법이
필요하다

고요한 봄비

퇴근길에 보슬비가 내려
머리 위에 나란히 앉는다

나는 가야 하는데
자꾸만 가고 있는데
집에는 된장찌개 끓고 있는데

어둠 속 뒷산 동강할미꽃 솜털이
젖고 있는데
생강나무 노란 꽃이
무지갯빛 물방울 흠뻑 머금고 있는데

머리카락은 어느새
거미줄처럼
주렁주렁 이슬을 매달고 있다

길가에 민들레 보거든

잿빛 물결이
지나가고

노오란 꽃자루
솟아오르면

내 거기서
기다리겠노라고
말했지

아지랑이 멜로디에
민들레 두 송이
춤추거든

그 꽃
나도 보고 있다고
말했지

나비의 자유

나풀나풀
멋진 날개를 달고
어느 곳에 있든지
순간순간 멋진 모습

날고 싶을 때마다
작은 날갯짓
낯선 비행은
늘 용기를 싣고 있다

모든 악연
지나가기를 기다림 속에
창공에 뜬 조각구름 다가와
말을 걸을 때
무언의 눈빛으로 건너간다

삶의 작은 일에도
가치와 의미를 담는
내 안의 호랑나비는
얽어매지 않는 바람결에
넓은 들판을 두루 날아다닌다

눈빛

사람마다 한두 개
둥근 빛 담고 있다

때론 푸르게
때론 따스하게
때론 게슴츠레하게

무언으로 풍기는
다독임이 있다

둘레길 그림 친구

그저 그냥 그렇게

살아왔을 뿐인데
마음속에 길을 내는 사람

나도 모르는 사이에
누구와 동행하고 있어서
내가 모르는 사이에
그대가 동행하고 있어서

갈림길 지름길이
무수하게 많아도
지루하지 않을 둘레길
가만가만 백조 걸음
두런두런 홍학 걸음

화사하게 핀 들꽃 사이로
아픈 길 동행하기에
참 좋은 벗이여

* 한탄강 전국백일장 장려상(2022.10.9.)

머문 자리

꽃들은
햇살을 바라보면서도
한눈을 팔 때가 있다

벌, 나비는
향기를 따라
날갯짓을 한다

사랑은 결국
선택이다

봄이 오는 소리에

꽃망울 열리는 소리에
꿀벌이 한 발짝 물러섰다

싱그러운 풀잎 피는 향기에
풀벌레 잠을 깨우고

산들바람 지나는 소리에
나뭇가지 물오르며

땅속뿌리 뻗어가는 소리에
흙냄새 무르익는다

쟁기 지나가는 밭고랑에
어르신의 기분 좋은
헛기침 소리 심어지고

봄은 이렇게
먼 하늘로부터 날아 들어와

온 대지를 보드랍게
쓰다듬고 있다

부활

썩을 것으로 심고
썩지 않을 것으로
다시 사는 부활
우리 인생을 되짚어 본다

썩은 것이 무엇인지
모르고 살다가
버릴 것 못 버리고
묻혀 살다가
점점 멀어져만 가는 긍휼

정결한 매무새
고통의 난관 없이
어찌 얻을까

사랑

사랑은
그리 많은 것이
필요치 않아
콩알만 한
따스한
심장 하나
있으면 되지

사랑은 언제나 꽃잎에 머물고

그대는 사랑하는 이를 위해
겨울에도 서릿발을 건너다니며
봄이 오기를 기다리는 사람입니다

간절기에 가지 치며
지난해 꽃피었던 가지들을 기억하고
솎아내기를 합니다
좋은 기억만 간직하듯이

계절마다 훤히 비추는 뜨락에
밝은 미소는 가만가만 오가고

꽃 뒤에
꽃과 사랑 뒤에
그대

지금 그대는 참 행복한 눈치입니다

성장

한 방울
두 방울
서로 마주칠 때
철썩거리는 속울음

둥근 파문 일어
조금씩 조금씩
커져 가는 동안에
더 넓은 시공간 소유한다

센티미터

파도의 깊이는
아래로 향하고

생각의 깊이는
그대를 향하고

사랑의 깊이는
새벽을 향하니

희망이란
어둠을 조금씩
깎아 버리는 것

수다

카페 유리관 속에
셋이 앉았다

세잔의 아메리카노가 놓어지고
흘러나오는 이야기는
두 잔에서 옮겨 다니고 있는데
나는 없었다

커피향만큼이나 향기로운 이야기가
식어가는 수증기를 타고
카페 안을 따스하게 데운다

나의 향기는 없었다
끼어들 수 없는
이질감 속 텅 빈 마음
여자들의 자존감은 어찌
자식 자랑 뿐인가

내가 그리운 나는
그녀들을 따라가지 않았다

아이들이 없는 거리에서

봄꽃 화창한데
개학은 저 멀리 아지랑이 속에 숨고
자녀들은 차단된 대문 집에 숨었다

머리카락 보일라
비말에 질겁한 웃음소리 보일라
겁나고 무서워 기다리는 등교 시간

한 주 미뤄지고
두 주 미뤄지고
갈 곳이 없는 우리의 아이들
지켜보는 부모님 가슴만 탄다

COVID-19
재앙은 보이지 않은 유령처럼 떠돌아
누구도 안전할 수 없고
피할 곳 없는 현실

이웃 사랑하기를
내 몸과 같이 하라는
성인의 말씀 새기며
확대의 전염 물결 좁혀본다

오월을 보내며

눈으로 시작하여
비로 마무리하는 오월
어느 해 보다 변덕스럽게
추웠다 더웠다 번갈아
기류를 타는 옷깃 사이로
마음은 착잡한 얼굴을

내밀고 지냈다
햇살은 아무 일도 없었다는 듯
고운 꽃들을 불러내어
인적이 드문 공원을 홀로
아름답게 꾸몄다
어려움이 얼른 지나가기를
기다리는 것보다
놓여 있는 상황에

자리를 지키는 법을 가르친다
세상이 불공평으로 아우성을 쳐도
자연은 모두에게 공정했다
뿌리로부터 꼬깃꼬깃 간직했던
모양대로의 꽃잎과 나뭇잎을

펼치는 것처럼
우아한 법을 배울 필요가 있다
만든다는 것은
같은 모양으로 찍어내는 흉내를 넘어서
필요한 만큼의 노력이 버무려진다는
자연의 이치를 본받을 필요가 있다

이 비 그치면

여름철 장마보다
더 우울한 COVID-19
몸과 마음에
생활까지 젖었다

이 비 그치면
사랑하는 이들에게 달려갈 테요
보고 싶은 이들에게 날아갈 테요

몰래 돋아나는 새순처럼
새로워질 생활 경제
기대할 테요

재가 되어

꺼지지 않는 불
내게로 향하면
숨을 곳 어딘가

좌우를 살펴봐도
갈 곳은 없네

타작마당에 엎드리어
두 손을 모으면
알곡을 닮을 수 있을까

해는 뉘엿뉘엿
서산을 넘어가는데
달음질하던 걸음은
농부의 마당에

털썩 주저앉았다

쭉정이는 태워
재가 되게 하소서
이듬해 거름이 되게 하소서

키버들

하늘 높이 치솟은
푸른 아침이
솟대처럼 우뚝하다

하얀 털북숭이
엉금엉금
사다리 타고 올라가니

작은 속삭임의
조찬 기도는
점점 높이 올라간다

한 푼의 짧은 시간

거친 호흡 멈추려고 해도
저절로 복식 호흡
어깨마저 들썩인다

놓친 지하철
놓친 출근 시간
아쉬운 발걸음
지각 후의 상사 표정

금쪽같은 아침 시간
쪼개고 잘라
버릴 것이 없이 빠듯한데
워크 맘의 등에 땀만 주르르

전속력으로 달렸기에
두 정거장 지나도록
숨 고르기는 계속되었다
1초의 허망함을 부둥켜 안은 채

제4부

비가 와서 좋은 날

7월의 거센 파도

-고 박원순 시장 사망 비보 후

7월의 거센 파도
하늘색인지
바다색인지 모를
출렁거림이 하늘을 가리고 있다
물결 따라 온몸이 뒤흔들리는 건
작은 물고기
바람결에 흐느적거리는
이슬비처럼
향방을 모른 체 물결 따라간다
가고자 하는 길인지
아닌지 잊은 체
떠밀려간다
사나 죽으나 뜬 눈
깊은 파도에 가려 볼 수 없고
권익에 눈먼 자만이
파도를 잘 탄다
파도여 어떤 순환을 원하는가

가랑비

오전부터 시작된
옥수수 가지 위에 선율은
영혼의 부정적 작용을
차분히 가라앉힌다

먹구름 가득한 하늘이
친숙한 마음으로 다가와
온통 보슬거리며 다독여 준다

흐리다고 다 흐린 게
아니라
흐린 것을 가지고
흐린 것을 씻어낸다

마음의 풍요 위에 떨어지며
부드럽게 적시는 가랑비는
새싹을 조심스레 당겨내는
그들만의 기술이 있다

가슴은 소리 없이 비를 뿌리고

존엄을 건드렸다는 분노가
남북회담장을 망가뜨릴 만큼 컸던
그녀, 그들, 그 족속
닫힌 울타리 여는 것이
두렵고 떨린다

심장 폐부를 찔린
이글거리는 분노는
대화의 방향도 잃은 채
무책임한 난동뿐이다

스스로 하나씩 부수어
자멸하려는가
급한 건 너 쪽
두고 온 고향을 바라보는 너 쪽
득과 실의 조합을 잘 기억하길

잘못된 사상을 고집하며
어찌 함께 섞여 걷고 싶단 말인가

* 개성공단연락사무소 폭파(2020.6.16)

기생초 꽃가지에 누워

흔들리는 가지 잡고 뒹굴면
꽃향기 엉겨 붙어
꽃이 되는 줄 알았다

꽃밭을 맴도는 벌들은
누구를 위한 날갯짓이며
무엇을 위한 열심일까

굵은 빗줄기 후두두
가지를 꺾으며 지나가니
향기마저 씻기고
게으름에 매달려
노란 상상 속 핑계에 헤맨다

마음대로 유영했던 것
내 사랑인 줄 알았는데
그대 떠난 후
지난날의 사랑 날개춤

젖은 걸음 옮기면서
되돌아본다

대나무

거칠다가 매끈한
곧은 마음

오직 한 길로
육십 년 남짓

더러는 쭈뻣쭈뻣
곁길 같은 잎사귀로

하늘의 물 한 방울조차
받아 들지 못한

가여운 목마름이여
오직 그 길

멍에

하늘을 품은
사랑의 영혼이
내 안에 머물러
고삐를 당기면
이끄는 대로 갈 수밖에

능선에 핀 풀꽃의
신비한 생각을
어찌 짐작할까요
보는 이 없어도
때마다 활짝 웃음 지어 보내는
제 몫을 다하는 꽃잎

갈 곳 잃고
쪼그려 앉은 무릎
생각을 숨 쉬게 하는
참 가벼운 멍에

민들레 피리

해마다 찾아오는
한적하고 양지바른 산소에는
봄마다 쌉싸름한 피리 소리가 들린다

파릇파릇한 새순 따다가
된장에 쌈 싸 먹는 촉촉한 오후
아지랑이 사이로 피어오르는
유년시절이
긴 세월의 흐름을 등지며
해마다 같은 맛을 내고 있다

진자리 마른자리
늘 두 갈래 길로 보여 주며
위기를 이기는 것과
기쁨을 누리는 법을 가르쳐 주던
듬직했던 모성이 그리운 날

나지막이 꽃대를 밀어 올린
민낯의 삶 속에서
고운 응원의 소리가 봄의 합주을 한다

벽

들어오면
밖을 향해 안이 되고
나서면
안을 향해 밖이 되는 경계
가려진 무게는
들어가도 나가도 같다
들키고 싶지 않아
안으로 들어가고
보이고 싶지 않아 밖으로 나간다
모든 비밀을 알고도
무덤덤한 표정
때론 온화한 벽지속에
아주 덮이고 싶다

부분일식의 날

태양이 미끄러지듯 다가와
달의 등에 기대니
달은 해를 붉은 초승달로 만들었다

십 년 후에 다시 만날
두 시간의 해후
손바닥 스치듯 지나가는 그림자에
마음 가리고
무슨 사연 있어
만난 듯 안 만난 듯
제 갈 길 가는 것일까

그리움도 외로움도
지구 위에 살아 있는 눈뜬 자의 몫

수평선도 지평선도 아닌
일직선의 신비한 비밀
달이 해와 멀어지면서
셀로판지 속 아쉬움도 멀어진다

* 2020.6.21.옥상에서 관찰

부용에게서

자갈이 깔린 마당을 지나
담장 옆으로
너무 쉽게 성큼성큼 끌려갔다

부용의 마음은
축축한 7월의 빗방울 가득 담고
햇살이 아니어도
웃을 수 있는 비결을
전해 주었다

이해하는 마음도 지니고
용서하는 마음도 지니고
결 고운 마음도 훤히 비치고
젖은 옷자락도
웃음으로 털어내는 자태

부용의 곁에 머물며
비 오는 날에도
화사한 얼굴을 지닌 표정이 해맑아
나도 모르게
구겨진 마음 사라졌다

비가 와서 좋은 날

동이 트기 전인데
굵은 빗줄기
창가를 두들겨 잠을 깨운다

씻김의 홀가분한
모든 건물 반짝거리며
윤기를 머금고
우리는 그 안에 있다

푸른 싹들은 몇 센티씩
걸음을 옮겨
크고 작은 나무에게
헐렁한 옷을 입힌다

여름비는 그렇다
넉넉한 마음
찐 옥수수 향기를 나르며
감수성을 적셔
온갖 추억들과 상상력을
빚어 내린다

사랑하려거든 오월에 오세요

나를 사랑한다고 하셨나요
사랑한다면
나의 단점도 아시나요
단점도 사랑하고 있나요

나를 사랑하려거든
오월에 오세요
모든 허물 덮어줄
나뭇잎이 많아요
새들도 지저귀고 요
꽃들도 많지요

내 모습 이대로
사랑받길 원해요
자격 없는 나이기에
감추고 싶은 것 많지만
어차피 다 보이지만
나를 사랑한다면
푸른 계절에 오세요

소악루엔 살구 열매도 무르익었겠습니다

훤히 트인
한강 건너 멀리 북한산
향로봉 보이고
독바위 보이는
그곳 산마루에서

유유히 흐르는
한강물 퍼다가 겸재 선생님
즐겨 앉아 풍경화를
그렸다는 곳

살구나무엔 까치 몇 마리
농익은 열매를 터뜨려
허기진 모이주머니 채우던 그 날
기다림이 강을 채우곤 했었지요

가을이 오면 고운 빛을 낼
옥색 단풍 나뭇잎
줄기 가지 손을 펼쳐
하늘거리고 있겠지요

고요하고 아담한 고궁을 만들어 낼
다홍의 햇살이 내려올 때면
그리운 마음 그릇 비워 낼
약속 가득하겠지요

스친 인연, 그리고 이별
- 고 박원순 시장님을 보내며

당신은 기억하지 못하겠지만
당신을 처음 만난
나의 시선을 기억합니다

남들이 다 하는 공손한 악수도
해보지 못했지만
당신을 고스란히 담아 본
시를 낭독했습니다

당신은 알지 못하겠지만
당신이 맡은 지경에 머물고자
변두리에서라도
삶의 자리를 마련했습니다

당신이 저술한 도서 때문에
참다운 '경청'이라는 것도
배웠습니다

아직은 보낼 준비조차도
못했는데

싸늘히 굳어 버린
서울의 심장

누가 그랬습니까
누가 침묵하게 했습니까
사람이 할 말이 너무 많을 때는
차라리 아무 말도 하지
않는다고 하던데
그런 겁니까

답답하고 미어지는 심정
주야로 흐르는 눈물이면
돌아올 수 있습니까
이렇게 우리와 이별하지
마십시오 제발요

아카시아 피는 날에

오월의 품격
열매처럼 주렁주렁
달린 송이들
푸른 하늘 아래
언덕을 하얗게
빗자루질 한다

부드럽게 다가오는
싱그러운 향기는
아카시아의 풋사랑

고교 시절 옛 추억
고스란히 다가와
철탄산 중턱에 자리 잡은
교정에 머물고

한 포기 풀잎
두 송이 꽃 위로
지나간 바람이
출렁이며 다시 다가와
아카시아 나무에

미끄러지듯 멈추며
벌보다도 더 오랫동안
꽃향기를 어루만진다

오월의 아침은

찬란한 생명의 경이가
가득히 피어나는 계절엔
아카시아 벌들의 날갯짓이
향기롭다

산들바람 불어와 보리밭 흔드니
초록 이삭 멜로디에
흠뻑 젖어 눈을 감고

하늘에 맞닿은 수평선
어선처럼 뜬 조각구름
넘실거리는 물결에 꿈틀거린다

온갖 싱그러움으로 촉촉한 아침
사방이 내려다보이는 곳에 앉아
눈가를 내려오는 미소
입가에 머문 미소가 환한 재회를 한다

이상한 거리에 서성이며

그해 봄은
밝게 웃고 있어도
애처로운 꽃잎이었다

바람이 흩어 놓은 떨어진 꽃잎처럼
어찌 그리 쉽게 떠나는지
흙으로 돌아간다니 말릴 겨를 없고

멈춰진 시간 속
말 못 할 사연들 수두룩한데
다시 시작할 수 있다면
회복될 수만 있다면
잿빛 동행이 그리 밉지만
않았을 것을

끈질긴 게 목숨이라더니
앉으나 서나
야속한 봄바람이 가져온 것들
서로를 힐끔거리게 하는
사회적 거기 두기

자목련

무뚝뚝한 내
사랑아

겨우내 텅 빈 마음
달래보려
한달음에 왔건만

보랏빛 그리움 움켜잡아
마디마디 매여 놓고도

안 그런 척
시치미 뚝 떼는
사랑아

눈 맞추기 수줍어
푸른 하늘을 쳐다보고
귓전에 지나가는
봄바람에 꽃눈 열어

그런 듯 안 그런 듯
반겨맞이하는구나

출발이 늦은 사람끼리

태양은 언제나 기준을
지키며 웃고 있다
나무라지도 꾸짖지도 않는다

시간을 재는 사람끼리
한곳에 모인 전철 안
통화 내용은 다수 그랬다

5분만 빨리 나왔어도
조금만 일찍 서둘렀어도
그린 눈썹이 짝짝이만
아니었어도
따스한 외투를 한 번에
선택만 했어도
우선순위는 늘 명확했다

시선은 아쉽고 후회스럽지만
지각 앞에서 당당한 직장인들
내일이란 기회가
얼마나 다행스러운가
자신을 추스를 명분이 있어서

파리로 산다

손등을 문지르고
손가락 사이를 꼼꼼히 찾고
손바닥을 비비며 손씻기
바이러스를 없앨 수만 있다면
얼마든지 하리라

어쩌다 한낱
그토록 혐오하는
곤충이 되었을까

발달한 문명의 정신적 오염은
곁길로 가서
몸을 굳어지게 하는 흉기가 되어
서서히 스펀지 물방울 스미듯
맥없이 빨려드는 인생

살고 싶어 저항할수록
삶의 깊숙한 곳까지 마비시키는
CVID-19
숨쉬기도 두려울 만큼
아 이 무슨 인위적 재앙이란 말인가

흑백의 공존

흑은 어둡기만 하다는 것을
누가 알랴

백은 밝고 곱기만 하다는 것을
누가 알랴

백로의 실체를 드러낸
옛 시인들은
사람의 속성을 이미 파 헤쳤거늘

누구든지 계란의 내부처럼
삶기 전에는 모를 형체를
소유하고 있지 않은가

제5부

빗속의 여인

계단

뻐근하게 버티면서
올라가는 길을 열어주며

무참히 밟히면서도
내리막길을
펼쳐 보이는 통로

때론 직선으로
때론 둥글게
힘들게 느껴지지 않게
고운 길을 만든다

틈만 나면 물이 들어가기도 하고
틈새로 경이로운
풍경이 보이기도 하면서
걸터앉아 호흡을 고르는
자리를 내어준다

층계는 올라가는 이에게도
우쭐대지 않으며
내려가는 이에게도
차별이 없다

계절의 사잇길에 서서

언제나 익숙할 만하면
떠나는 계절이 아쉽다

서산에 저녁노을이 그렇고
따스하게 불어오던
남풍이 그렇고
그 사람의 온기가 사라지는
부고장이 그렇다

조석으로 서늘한 느낌이
마음 깊숙이 스미어
못내 놓기 싫은 새끼손가락을
풀어야 한다

추억할 과거가
부족하지 않을 만큼
잘 살아왔는가
북풍이 저 멀리서 다가오고 있기에
화살나무 잎사귀와 함께
가을을 맞는다

꽃처럼 예쁘게 위를 봐요

언제나 좋을 수
만은 없어요
비를 맞아 축
처진 모습이지만
개이는 날이면
싱그러운 힘은
비 맞은 만큼
솟아오르지요
계절이 흘러 퇴색되어
떨어진다 하여도
줄기는 사라진 꽃잎으로
나이테를 두르지요
인생은 기쁨도 슬픔도
헤엄치며 지나가는 것
뭉게구름이 하늘을
흔적도 없이 가볍게 스쳐가듯이

낙엽을 줍는 사람

그대 발자국엔 쉼표가
참 많습니다

인생은 그렇게
사는 거라고

머뭇거리며 예쁜 낙엽을
찾는 것처럼
모든 것이 그대의
선택이라고

녹슨 기찻길 위로

명절 풍경 속에는
희비가 서려 있다

임진강
속 시원하게
건너지 못하는
몸을 실은 기차는
타원형 선로를
돌고 또 돈다

속울음 대신하듯 터지는
이따끔씩 울리는 기적소리
넋을 잃고 건너다보는
눈빛을 타고 북녘을 한없이 달린다

아, 가긴 가야 하는데

능소화 그늘 아래엔

한곳에 머물러 서성이던 마음
불그레한 가디건 짧게 걸치고
산책길을 나섰다

얼굴에 반쯤 흘러내린 잎사귀
칠월의 눈부신 햇살을 가리고
여유로운 흔들거림이
사뿐사뿐하다

느닷없이 다가온
좁은 골목길 바람에
담장에 기대서
나부끼는 옷깃 여밀 줄 모르고
마냥 즐겁다
낮게 핀 송엽국
깨알처럼 붙은 남천꽃
생기 넘치는 풀꽃

장맛비 그친 오후
저만치 멀어져 가는 박새 소리
그녀 뒤에 머문다

또 하나의 습관

영화관 의자에 앉으면 왠지
안전벨트를 매야 하듯
습관적으로 손이 간다
사실은 차를 탄 게 아닌데

웅크린 감정을 풀어 놓아야 할지
흩어진 마음을 동여매어야 할지

언젠가부터
흥미 위주라기보다는
이 영화는 무엇을 말하고 싶은 건지
미역국에 건더기를 건지듯
관심이 간다

여성 인권이 뭉개지는 장면이
양념처럼 나오는지
선과 악의 공통점을 무엇으로 다루었는지
악을 미화시켜 착각을 일으키게 하는지

아마도 글을 쓰기 시작하면서부터인 것 같다
무엇을 말하고 싶은 건지처럼

망월(望 月)

삶의 작은 한 자락
그리움 닮은 꿈을
조각달에 숨겨 놓고
달이 점점 부풀기를 기다린다

새해 여명이 온 세상을 덮을 때
차오르는 하늘에 올렸던 대망이
여름 태풍 속으로 조각조각 흩어지고
잔재로 남은 소원이 꿈틀꿈틀
송편 속에 다시 담긴다

지나온 것에 감사하며
지켜주신 것에 감사하며
풍성히 내리는 신의 섭리에
자연의 신비에 엎드리며

고요히 빛을 내어
가슴을 밝히는 보름달에 갇혀
부푼 가슴 기도 소리에 기대어
은하계를 여행한다

미혼부(未婚父)

밤을 잊은 불나방이
추녀 끝에 걸려 있는
한 줄기 빛을 따라 모여든다

오늘 밤이 지나면
처마 밑에 쓰러져
주검이 될 줄 모르고
준비되지 않은 짧은 행복에
목숨을 건다
등불은 꺼지고
꼬물꼬물 산란 속에
신음이 아프다

아비 잃은 애벌레가 스멀스멀,
나무 줄기에 유리하다
불빛에 걸려든다
지친 마음 고치가 되어
아버지를 찾는 꿈을 꾸나
끝내 돌아오지 않는다

먼발치에서
추락한 파닥이는 날개는
제자리서 마음만 맴돈다

배롱나무

햇빛 밝게 자주 내려오는 산사 뜰 안
배롱나무에는
여러 갈림길이 있습니다

가다가 멈추고 새로운 길을 내면서
오던 길도 조심스레 밟아 가기를 수십 번
반질거리는 껍질은
시작할 때 마음을 잊지 않으려는 듯
곱씹어 올라갑니다

굽이굽이 꺾어 돌아가는 모퉁이는
지나온 길이 얼마나 아팠는지
보이지 않게 막아줍니다

일 년마다 새로 만든 길에
자지러지게 피어있는
배롱나무꽃

뿌리로부터 이어온
노승의 닳고 닳은 무릎처럼
혜안의 경륜을 곱게 피웠습니다

백일홍에 번지는 그리움

눈을 감았다
캄캄한 어둠 속 마음의 불씨는
제자리에 맴돌고
거의 멈추다시피 작은 궤도를
달리고 있다

어디선가 원망의 바람이 불어와
불꽃을 살리고
점점 커진 그것은
바람을 타기 시작한다

암흑의 세계도 넓고 깊다
멀어졌다 가까워졌다

곤두박질하는 것이 마음을 뚫고
생각으로 향한다

피고 지는 불씨는 의식을 유영하며
불꽃을 잦게 한다
백일홍 한 송이는 한들거릴 뿐인데

변하는 사람 보다 변하는 시대

밤중 낯선 곳
혼자 덩그러니
보이지는 않고 자갈을 치는
물소리만 들린다

무겁고 불분명한 단어들
머릿속을 헤집어
보일 듯 말 듯 하는 물소리 속을
헤아려 보며 서 있다

변하는 시대를 따라가기조차 힘든 말
AI, 빅데이터, BTC, STC,
블록체인, 토큰, 가상화폐
자산 공유, 소유권, 점유권, 사용권
이것이 다 무슨 말이고 무슨 뜻인지
물만 흐르고 나는 서 있다

가만히 서 있으면
나만 자꾸 뒤로 밀쳐지는 강가
밤도 흘러 내일을 향하는데
눈빛은 책 속에서 좌우로만 오가며
책갈피를 살핀다

빗속의 여인

여름에는 찬비
겨울에는 따뜻한 비
빗줄기는 오십여 가닥

아늑한 공간에
사계절 비가 내린다

가슴에 맺힌 어려움을
씻고
멈춰야할 발걸음도 씻는다

오늘도 먼 길 다녀오니
따스한 작은 방울들이
등을 토닥인다

세상 엿보기

열 한달 좁은 공간
한 눈에 들어왔다

애벌레가 뚫어 놓은 구멍
단풍잎새 사이로
서릿발이 돋은 논바닥을 훑어 본다
분명 이모작 삶이었으나
겨울엔 비어 있다

아메리카노

차가워진 그대 마음 녹이려
내 맘속 따끈하게 저었습니다
언제나 준비된 마음으로

우아한 향기도 쓴맛도
갈색 사색이 흐르는 빈 곳도
그대를 위한 것이었습니다

상쾌한 아침에나
나른한 한낮에나
무료한 오후에나

후들거리는 눈물
떨구는 날이면
시린 맘 겨울바람
후벼낼 때면
언제든 찾아 줄 것을 믿었습니다

다시 돌아올 수 없는
추억이기에
속 타는 그리움에 머문 채
그곳에 향기로 달려갑니다

위기의 순간을 버티며

거리에 비둘기가
어느새
고향집 닭처럼
사람을 두려워하지 않고
가랑잎 굴러가듯 제멋대로 흩어져
모이를 찾는다
잡혀 죽는 두려움보다
배고픈 두려움이 더 큰가 보다

어쩌면 인간들의 배고픔까지
꿰뚫고 있어
동질감을 느낀 것일까
아침 출근길에 선 발걸음 따라
주억주억 거린다

절정을 넘어서 남긴 그리움

가을날의 햇살은
높은 산꼭대기에 걸쳐 있다가도
은행나무 가로수 아래
화살나무 잎에도 내려와 있다

푸릇푸릇 생기가 더 많지만
갖가지 색으로 물들어
생의 아름다움을
한 곡조 남길 것이다

황홀에 겨워 떨구었던 마음도
어느새
고운 햇살 머무는
곳으로 따라간다

노년을 걸어가는 단풍
퇴색을 쫓아 걷지만
바스락거리는 가랑잎 한 장에도
그녀의 삶이 고스란히 말라 있다
빛났던 사계절의 한살이

주상절리

뜨거운 용암에
금이 가고
커다란 구멍이 뚫리고
선이 그어지고
벽을 이루었다

찬 기운의 침입은
피할 수 없는 분열
땅 밖으로 자라난 기이한 조각들
장작더미 숯이 되듯
상상할 수 없는 열기와 냉각이
그들을 덕지덕지 갈라 놓았다

수직을 이루고
수평을 고집하며
방향을 돌리고
틈을 보이나
그의 중심은 기둥이어야 했다

코스모스

한적한 길가는 찾는 이 없어
세상에서 가장 파란 하늘을 이고
벌판으로 나와 섰다

숭숭 뚫린 옷깃을 여미어 보지만
살랑거리는 가을바람
못이긴 체 풀어 헤친다

햇살을 바라보고 있어도
등지고 있어도
다가오는 친구는 많다

갈래갈래 흐르는 어여쁜 마음
가냘픈 손짓하듯 선 모습
덜 웃던지 활짝 웃던지

한글날 향기는 가을 하늘에 퍼지고

검불을 모아 군불을 지피니
아랫목이 따스한 초간 삼간 사투리

장작을 패 모닥불을 만드니
전국의 입이 달싹달싹
일제 강점기에 사라질뻔했던
한글의 고초는 암울한 자존심이었다

인도네시아 찌아찌아족
태국 미얀마 접경지 라후족
한글을 모국어로 삼은 신비한 소식

제2외국어 입시시험 채택
호주 미국 일본 프랑스 태국
자랑스러운 한글 전파

곱디고운 소리글자
국위선양 세종대왕
그분은 가고 없어도
향기는 영원히 피어나리

* 푸른문학 백일장 우수상(2020.9)

Covid-19

햇수로 3년째
사이토카인 폭풍은
지진해일을 동반하지 않고도
거대한 쓰나미처럼
온 세상 사람들 목숨만
선별하여 앗아갔다

밤송이보다도 작은 돌기로
햇빛의 가시광선을 피해 옮겨 다니며
지구를 점점 고독하게 만들고 있다

특정한 방향도 없이
허공에 올올이 풀려
사라지는 연기처럼
그렇게 인간은 흙으로 돌아갔다

확진자 숫자 세기의 공포는
이처럼 동공을 고정시킨 적이 없었고
슬픔으로 주저앉을 겨를도 없이
발을 동동 구르며 새로운 문명의 세계로 이끌려간다

 * 글벗백일장 장려상(2022)

제6부

나의 어머니

고운 머리카락

목화솜처럼 포근한 솜털
착하다 귀엽다

머릿속 살 아직 훤히 비치는데
복슬거리는 숨결
구김살 없이 자라길

배냇저고리 바둥바둥
밀어내는 소리 들으며
천상의 비밀만큼
셀 수 없는 머리카락

낮잠에도 밤잠에도
땀에 젖어도 고운 아가

교차로

대중교통을 이용하다 보면
만들어졌다 사라지는
수많은 교차로가 곳곳에
숨어 있다

바닥에 그림은 없지만
타고 내리며
걷고 있는 사람이 만드는 교차로
환승하며
줄지어 만드는 자연스러운 길
교차로와 갈림길을
거친 후에야 목적지에 다다른다

인생이란 교차로
수백만 번의 선택으로 만들어지는
어쭙잖은 발걸음
잰걸음으로 다가가는 인생길에
나도 서 있다
접촉 사고는 항상 가장 가까운 데서
빚어진다

그리고 또 새 봄비

텅 빈 곳간
싹 틔울 씨앗도 철새가 물어가고
봄이라도 추운 마음
이번에도 재난지원 대상에
밑줄 건너뛰었다

잿빛 하늘
따스한 빗방울 골고루
내려 주는 아침이다
흑이라든지 백이라든지
색깔론에 벗어나야
이모저모 살필 수 있나 보다

차별이 없이 뿌리는 빗줄기는
연둣빛이든지 분홍빛이든지 노랑빛이든지
갖가지 모양대로 존중해 준다

하늘은 이렇게
멀어진 인간보다
아주 가까운 자연으로
공평한 기회를 준다

나는 누구인가

베이비부머 시대에 태어나
386 세대를 살고
X세대를 거쳐
밀레니얼 세대를 낳고
N 세대로 성장해 가는 자녀들
뒷바라지하는 동안
이미 성장한 N 세대를 못 따라가는 지금
AI 인공지능에 제대로 적응하기도 전에
Big Data로 넘어가는
길목에 서성이고 있다

좋은 이름이란 무엇일까
작명을 잘 하는 것인가

잘 살아내고 있는 자의 이름
자신에게 가치 부여하고 사는
자의 이름
강한 부정 속에 긍정을 담고 사는 이름
변모하는 시대에
고집하지 않는 자의 이름
죽은 후의 평가가 새겨지는 이름

살아 있는 동안에는
미래의 대열에 끼어
꼴찌로 통과할지라도
출발선 근처에서 머뭇거리는
미아는 되지 말아야겠다는
승자의 여객선에 탄다

나의 어머니

고향은 어머니입니다
고향집도 어머니입니다
온 세상을 두루 다니고
폭풍우에 들풀처럼
온갖 세파에 시달리다 일어나도
참을 수 없는 고비를
몇 차례 지나서도
머리가 희끗거리는 중년을 지나
손등이 어머니처럼 주름지고 있어도
어머니는 나의 집입니다
깊은 그리움 속 그곳은
먼 하늘처럼 떨어져 있으나
아주 가까이 속눈썹에 글썽이는
눈물 속에 있습니다

어머니
나에게서 눈을 떼지 않으시는 어머니
고개를 숙이고 있으나
가슴에 품으신 마음
살아보지 않고는 알 수 없었던
그 마음

그 상황이 되지 않고는 짐작조차
하지 못했던 찢겨 너덜거리는 마음
알아보니 머리를 숙일 수밖에 없습니다
삶이란 함부로 단정 짓지 못하는
것임을 알아 갑니다
만신창이 되고서야
한줄기 빛 같은 구절 한 줄 얻을 수
있는 것을 알아갑니다
어떤 일이든지 인생의
선로 위에 그려진 그림은
선물인 것을 말입니다
구겨진 얼룩도 반듯한 색깔도
삶인 것을 압니다

다짐

잠을 잘 때는
낙엽이 구르다가
가장 편한 자리에 머무르듯 스러져
단잠을 자고
깨어 있을 때는
갯벌의 구멍마다 숨 쉬고 있는
바다의 이웃처럼
부지런히 움직이는 꽃게가 되자
옆으로 걷든 바로 걷든
바삐 이동하는 마음가짐으로
현실에 안주하지 말자

여유란
경제적 뒷받침이 될 때
갖는 요긴한 것이다

단절 속에 타는 목마름

COVID-19가 끊어 버린
만남의 길
표독스럽고 냉혹하다

더불어 살던 생태계
무너지고
비대면이라는 낯선 말
허공을 밟아 올랐다가
아래로 낮게 줄지어 온다

말 수도 줄고
듣는 귀도 나만을 위한 것
멀뚱거리는 시선은
내면의 고민을 깊이 파고 있다

머릿속의 상상은
아무 계획이 될 수 없다
지금, 누가 누구를 일으키겠는가

동행

물에게도
무늬가 있다
곧 사라지고
새롭게 만들어가지만
아주 없어지는 것이
아니다
누군가의 기억 속에
늘
출렁거린다

반달

동짓달 한밤중
앙상한 대추나무 잔주름에 걸린 사랑이여
이 밤을 어찌 새우리요

하늘과 땅은 어둠 깊게 맞닿아 고요한데
나부끼는 문풍지가
별들의 자장가를 부르고

저 멀리 향촌
가마솥 팥죽 끓는 소리
구수하게 들려옵니다

아궁이 여린 불꽃
오래도록 젖고 있는
긴 나무 주걱에 얹은 어머니 손등
잠 못 이루는 가슴속에
왔다 갔다 합니다

비석

대청마루 위에 있는 시계
종일 벽을 어루만지는 일이 있는 지도
수년 수개월
적막은 초침의 흔들림을
더욱 뚜렷하게 한다
주인은 병원에 누운 채
움직이지 못한 몸을 이끌고
고향집 마루 위에 우두커니 앉아 본다
이렇게 떠날 생각은 아니었는데…
정신을 잃어
그녀가 쓰던 물건들에게
인사도 못하고
엠블런스에 실려 떠났던 것이다
다시 돌아가려면
둥둥 뜬 몸으로
가야 한다는 것을 알기에
두 눈에 이슬이 고인다
반들반들하게 윤내던
가마솥 장독대 부뚜막 안방 장판
손때 묻힌 곳마다
늘 새것 같았건만

청춘을 모두 바친 곳
가여운 생은
어느 늦가을 눈발 자욱이
흩날리던 날
쌓이기도 전에 녹는 눈보다
더 깊이 들어가 흙으로 누웠다

사라져가는 만남에도 바람은 일고

내부의 갈등은
외부의 큰 행사를 통해
힘을 모은다

공포의 밑바닥
죽음마저 문을 여는데
민들레 깃털 되어
높은 벽 날아올라 넘어가자

허풍도 쾌락도
사라져 가는 문화
또 다른 향기와 맛으로
부드럽게 만들어 보자

우연이 아닌 만남
형성되고
떠나는 것에 연연하지 않으며
진실은 편이 없듯이
공정함을 바라며
굳이 시선 고정을 하지 말자

심지

배배 꼬여도
내색하지 않고 불을 밝히는
고집이 여기 있다

흥건히 적셔주는 기름
벗 되어 함께 하니
자신을 태워
점점 짧아지는 것도 잊은 채
낮이나 밤이나 등불로 산다

견고한 가슴을 태우고
마음의 의지를 태우고
생활의 심지를 다 태우고도
솟대처럼 꼿꼿하게
서 있는 사람이 있다

얼음 밑으로 흐르는 강물처럼

그렇게 잠잠히 흘러가리라
주변이 아무리 날
어렵게 할지라도

투명하게 드러나거나
희뿌옇게 가려지거나
얼음을 방패막으로 삼으면 되지

굳이 숨을 이유는 없지만
눈보라가 밀어 닥치는 날에는
그처럼 평안할 곳 또 있으리

물고기들과 자갈들과
겨울잠 자는 개구리들
품에 안고 있으면 이 또한 행복이지
혹한이 드리워져 있을 동안은

울타리와 공간

그대에겐 넘지 못할 담이
나에겐 아늑한 보호선으로
둘러싸였다

허물어야 할 것도
구멍 뚫어야 할 일도
없는 들꽃 핀 자리

그 안에 있어도
모든 것을 가진
마음 한자리

푸른 초원은
멀리서 둘러싼
높고 낮은 산들이
울타리 되어
그 너머를 꿈꾸게 한다

작별을 알리는 꽃잎은 떨어지고

이미 떠나버린 인연
말 한마디가
비목처럼 박혀 있다

뽑아내려 해도 늦었고
용서를 받아들일 수 없는
깊이 박힌 멍 직장 상사
제 것 다 챙기고
엎질러진 물 주워 담으려 한다
한 마디 말로

처절한 공간 낯선 얼굴
밟아 누르고 올라선 자리
이십 년 지기 끈을 모질게 끊어 낸다

언제든 새로운 싹을 낼 수 있는
흙은 그냥 흙이다
씨앗은 한 곳에만 머무르지 않는다는
또 다른 가치관이 나를 붙든다

좋다는 건

낡으면 버릴 수 있는데
선호하는 관점이
달라지면 옮겨 가는데
소금이 녹기 싫은데
등불을 드는 팔이 아픈데
필요를 채워 주기 싫은데
바라볼수록 좋기만 한데

나눈다는 건 손해 보는데
눈에서 멀면
마음도 멀어지는데
단순히 그대로인데
좋고 나쁨이 어디 있으랴

지푸라기는 결코 약하지 않다

세상에 살면서 의지했던 것은
모두 사라지고
가늘고 힘없어 보이는
한 줌도 안 되는 검불이
손바닥에 땀이 채이게 했다

꼭 움켜쥔 손에
전신의 힘이 가해지고
발바닥 끝에서 머리끝까지
모두 끌어당겨 모으고 있다

아주 작은 씨앗은
손에서 나는 땀을 봄비로 삼아
싹이 트고 가지를 뻗어
새들이 깃들 만큼 자랐다

혼자 중얼거렸다
지푸라기는 싹으로 전환하는
겨자 씨의 일부였다고
감사는 신뢰의 결과였다고

코스모스를 사랑한 억새꽃

봄여름 가을 겨울
한 가지 꽃만 그리는
억새 붓이 있다

부드러우면서 예리한
눈빛을 가졌고
작은 바람에도 일렁이는
가냘픔이 닮았다

코스모스의 일생은
화폭에 새겨지며
생기를 더한다

꽃봉오리 맺고
새벽이슬 머금고
한낮의 햇살 받으며
씨앗을 맺기까지
하늘빛은 몇 번이나 바뀌었는지
찬바람은 불었는지

화백의 가슴엔 사계절 피어 있는
코스모스가 있다
살아 있는 고향이 있다

* 자미갤러리에서 서양화가 윤종대 화백을 만나다

풍향은 시곗바늘처럼

씨앗은
비바람을 맞으면서
웅크리고 있다가
어느 곳에나
스스로 걸어가거나
가고 싶은 곳에 머물지 않고
떨어뜨려 놓은 그곳에서
각자의 열매를 맺는다

곡식은
뿌려진 자리에서 자란다
양지든지 음지든지
동서남북 어디든지
주인이 흩어 뿌려 준 대로 살아간다

인생은
강물 아래 자갈 구르듯
흘러가는 방향대로 머물러
더 가야 할 길이 있을지 기다린다

하루를 여는 선착순

아무리 일찍 일어나도
전봇대 놀러 온 새들보다 늦다
어둠이 모두 걷히기 전에
이미 목청을 가다듬고 있다

길바닥 스치는 타이어 소리
간간이 들려오고
눈을 감고 누워 있어도
오늘은 맑음인 것 같다

비가 오는 날이든지
맑은 날이든지
아침은 매일 온다
여명은 굳이 삶의 순서를
정하지 않는다

한탄강 푸른 침묵

철원의 평야를 끼고도는 강이
시퍼런 장도(長刀)를 손에 들었다
평강군을 가르고
철원군을 가르고
연천군을 가르고
전방과 최전방을 갈랐다

절벽을 가르고
숲을 가르고
이념의 위아래를 가르고
목숨도 그었다

수천 년을 지나면서
나누고 또 나뉘어
가졌다 놓았다 되풀이하는 순간들
강줄기는 온갖 사연 주렁주렁 매단 체
그때의 아픔을 흐느끼고 있다
삼백사십육 리 길
흩어버린 모래알 속에 묻은 역사는
바다로 점점 기어 들어가고 있다

과거를 잊은 청춘은
절경에 환호하고
풍경을 그리워한다
역사는 드라마일 뿐이라 한다
통일은 수면 위에 잠잠히 출렁거려
강기슭을 훑어보며
체한 듯 막힌 가슴
쓸어 내려간다

자연에서 깨달은 삶의 진리

- 신순희 두 번째 시집 『그렇게 잠잠히 흘러가리라』

최봉희(시조시인, 평론가, 글벗 편집주간)

한 편의 시가 지닌 위력은 대단하다. 따뜻한 언어, 혹은 현란한 글말로 우리를 매료시킨다. 우리는 곧 시에 빠져들어 시인이 창조한 꿈의 세계를 여행한다. 때로는 즐거움을 누리고 힘을 얻는다.

더욱이 손으로 직접 쓰고 기록한 흔적을 엮어서 시집으로 내는 것은 참으로 위대한 일이다. 시집 속의 한 편의 시가 나를 일깨워주고 위로하는 것은 물론, 나의 삶을 더 명료하게 해주기도 한다. 한 편의 시를 몸으로 읽고 나면 문장은 활자에 멈추지 않는다. 넘어졌다가도 다시 일어나 앞으로 나아가게 한다. 오늘을 견디고 버틸 힘이 되어준다. 더불어 나에게 남은 시간을 어떻게 살아갈 것인가에 대한 고민과 나름의 다짐을 하게 한다. 다시 말해서 세상과 사람을 바라보는 시선을 바꿔주는 것이다.

그렇다면 좋은 시를 어떻게 쓸 수 있을까?

첫째는 매일 매일 시를 써야 한다. 시인에게는 훈련과 연습이 필요하다. 글쓰기도 학습 곡선처럼 조금씩 나아지고 성장한다. 그런 점에서는 스포츠와 다를 바가 없다. 스포츠와 다른 점이 있다면 신체가 지쳤을 때도 정신은 글쓰기 경기를 계속할 수 있다는 사실이다. 시인은 운동할 때처럼 글쓰기 연습을 끊임없이 연습해야 한다. 매일매일 글을 써야 한다.

글벗문학회 시인 중에 매일 매일 열정적으로 시를 쓰고 배우면서 삶에 도전하는 시인이 있다. 2022년 제1회 한탄강전국백일장에서 입상한 바로 신순희 시인이다. 그의 시적 상상력은 항상 자연과 함께 한다. 어떤 문명에서도 채워지지 않는 이 막막한 공간을 자연을 통해서 소통하고 경험하면서 그 깨달음을 자연에서 그 해결책을 찾으려고 한다. 그것이 신순희 시인이 지닌 삶의 철학이자 시의 매력이다.

나는 신순희 시인의 시를 보면서 '생태시'라는 개념이 떠올랐다. 아직 문단에서 생태주의 문학에 대한 용어 정의가 정확히 내려진 바 없다. 그래서 어떤 이는 초록 문학, 누구는 생태문학, 또 어떤 이는 녹색문학, 또 그 누구는 생태주의 문학 이렇게 용어들을 쓰고 있다. 또 문학 안에 '시'라는 장르에서도 어떤 이는 '환경시'다, 어떤 이는 '녹색시'다 어떤 이는 '생태시'라고 말한다. 고현철은 생태주의를 경제, 문화, 교육, 환경, 정치 등 사회 전반에 걸친 새로운 사회이론으로 인정하고 생태주의라는 사회이론 아래 문화

범주가 있고 이 문화 현상 중에 생태주의 문학이 위치한다고 구분했다.(고현철, 『현대시의 쟁점과 전망』,1998) 그리고 생태주의 문학 아래 시 갈래로서 환경시, 생태시, 생명시를 구분했다. 환경이나 생태나 생명이나 다 비슷비슷한 말이지만 '환경시'는 환경파괴의 문제점을 고발하고 기후변화나 환경오염으로 인한 인간의 피해 등에 대한 각성을 촉구하는 시들을 일컫는다, '생태시'는 환경오염의 문제를 넘어서서 기존 세계가 가지고 있는 인간과 자연의 관계를 재정립하고자 시도하는 시들을 일컫는다. 즉 자본주의와 물질문명에 대한 근본적인 비판과 함께 인간과 자연의 조화, 인간과 자연과의 새로운 관계 정립 등을 담고 있다고 볼 수 있다. 생명시는 이보다 더 근원적이고 형이상학적으로 접근하여 생명현상에 대한 새로운 깨달음과 우주적 생명의 인식, 생명의 경이 등에 대한 내용을 담고 있다.

무엇보다도 생태주의 시는 환경문제에 대한 재인식과 더불어 인간과 자연의 관계에 대한 재정립, 그리고 더 나아가 존재 전체, 자연 전체 속에서 인간의 영적 성숙으로 이어지는 과정을 포괄하고 있다. 하이데거는 기존의 근대철학이 자연을 죽어있는 대상으로 파악하고, 죽어있기에 해부하고 분해하여 연구해야 할 대상으로 위치지웠을뿐만 아니라 그 대상을 인식하는 인간 또한 개별적이고 독립적인 존재로만 파악했다고 비판하고 있다. 그러면서 시론을 통해 모든 존재하는 것들은 더불어 있으며 그 더불어 있는 바탕이 바로 '존재'라고 말한다. 그 '존재'는 '존재자'들이 생동하고 살아가기에 '존재' 또한 그 스스로 살아 움직이고 인간에게 '언어 이전의 언어'로 말을 건넨다는 것이다. 하이데거의 시론에 이론적 바탕을 두고 생태주의 시를 파악한다면, 생태주의 시는 일반적인 시들에서 보이는 표면적 언어 자체의 아름다움을 추구한다기보다 우주 전체, 생명 전체, 자연 전체와 소통하고 교감하게 하는 생명의 노래, 우주의 노래, 자연의 노래라 할 수 있다.

그렇다면 신순희 시를 본격적으로 탐구해 보자.

그해 봄은
밝게 웃고 있어도
애처로운 꽃잎이었다

바람이 흩어 놓은 떨어진 꽃잎처럼
어찌 그리 쉽게 떠나는지
흙으로 돌아간다니 말릴 겨를 없고

멈춰진 시간 속
말 못 할 사연들 수두룩한데
다시 시작할 수 있다면
회복될 수만 있다면
잿빛 동행이 그리 밉지만
않았을 것을

끈질긴 게 목숨이라더니

앉으나 서나
야속한 봄바람이 가져온 것들
서로를 힐끔거리게 하는
사회적 거기 두기
– 시 「이상한 거리에 서성이며」 전문

봄바람이 불어온다. 따스한 봄바람이다. 하늘에서 땅으로, 땅에서 하늘로, 나무에서 사람에게로 바람이 분다. 꽃 피는 사랑으로부터 꽃이 지는 슬픔에게, 꽃이 지는 슬픔에서 신록의 잎새에게로, 그렇게 바람이 불어온다. 우리를 앞질러 달려온 봄은 꽃잎 속에 숨어 있다. 하나의 꽃이 피면 새로운 시대가 열린다. 하지만 코로나 시대의 사람들은 꽃들의 조용한 혁명을 깨닫지 못한다. 서로를 힐끔거리게 하는 사회적 거리두기가 정서적으로 많이 아프다.

나풀나풀
멋진 날개를 달고
어느 곳에 있든지
순간순간 멋진 모습

날고 싶을 때마다
작은 날갯짓
낯선 비행은
늘 용기를 싣고 있다

모든 악연

지나가기를 기다림 속에
　　　창공에 뜬 조각구름 다가와
　　　말을 걸을 때
　　　무언의 눈빛으로 건너간다

　　　삶의 작은 일에도
　　　가치와 의미를 담는
　　　내 안의 호랑나비는
　　　얽어매지 않는 바람결에
　　　넓은 들판을 두루 날아다닌다
　　　- 시 「나비의 자유」 전문

　나비 한 마리가 날아와서 벚꽃을 찾는다. 하지만 아직도 이상 기후 등으로 잿빛이 되고 낯선 비행은 용기를 요구한다. 아직도 한 줌의 봄을 끌어내고 있는 생명은 있지만, 날개 위에 실린 봄이 위태롭다. 사회적 거리 두기로 외로운 봄이다. 거기에다가 다시 바람이 분다. 꽃잎이 지고 있다. 나비는 넓은 들판을 두루 나풀거리며 날아다닌다. 그렇다. 우리 사랑 또한 작은 바람에도 흔들거린다. 하지만 시인은 사랑하는 이를 위해서 봄이 오기를 기다린다.

　　　그대는 사랑하는 이를 위해
　　　겨울에도 서릿발을 건너다니며
　　　봄이 오기를 기다리는 사람입니다

　　　간절기에 가지 치며

지난해 꽃피었던 가지들을 기억하고
솎아내기를 합니다
좋은 기억만 간직하듯이

계절마다 훤히 비추는 뜨락에
밝은 미소는 가만가만 오가고

꽃 뒤에
꽃과 사랑 뒤에
그대

지금 그대는 참 행복한 눈치입니다
― 시 「사랑은 언제나 꽃잎에 머물고」 전문

계절이 바뀔 때마다 소망을 간직한다. 시인은 봄을 기다린다. 솎아내고 가지치기를 통해서 꽃 뒤에 오는 또 꽃과 사랑 뒤에 오는 꽃이 피는 소망을 간직하고 있다. 바로 사랑 뒤에 오는 그대를 기다리는 것이다. 그래서 시인은 참으로 행복하다.

해마다 찾아오는
한적하고 양지바른 산소에는
봄마다 쌉싸름한 피리 소리가 들린다

파릇파릇한 새순 따다가
된장에 쌈 싸 먹는 촉촉한 오후
아지랑이 사이로 피어오르는

유년 시절이
긴 세월의 흐름을 등지며
해마다 같은 맛을 내고 있다

진자리 마른자리
늘 두 갈래 길로 보여 주며
위기를 이기는 것과
기쁨을 누리는 법을 가르쳐 주던
듬직했던 모성이 그리운 날

나지막이 꽃대를 밀어 올린
민낯의 삶 속에서
고운 응원의 소리가 봄의 합주를 한다
- 시 「민들레 피리」 전문

 꽃잎이 피는 어느 날, 부모님의 산소를 찾아간다. 어린 시절의 고향 추억을 떠올려다 본다. 어머니께서 위기를 이기는 법과 기쁨을 누리는 법을 가르쳐 주신 어머니가 그리운 날이다. 분명히 알 수 있는 것은 오직 부모님께서 우리를 지켜주시고, 응원해 주시고 계신다는 것이다. 시인은 올해도 봄의 끝자락을 붙들고 울 것이다. 지금 어머니의 피리 소리가 들려오는 듯하다.

 무뚝뚝한 내
 사랑아

겨우내 텅 빈 마음
달래보려
한달음에 왔건만

보랏빛 그리움 움켜잡아
마디마디 매여 놓고도

안 그런 척
시치미 뚝 떼는
사랑아

눈 맞추기 수줍어
푸른 하늘을 쳐다보고
귓전에 지나가는
봄바람에 꽃눈 열어

그런 듯 안 그런 듯
반겨 맞이하는구나
 - 시 「자목련」 전문

　꽃그늘에 앉아 향기에 취했던 시간은 그저 꿈만 같다. 봄
날이 아무리 좋아도 그 그리움 속에 마냥 머물 수는 없다.
꽃잎이 바람에 날리면 내 안의 상처들도 날리기 때문이다.
신음을 다 풀어버린 아픔들이 휘날린다. 시치미를 뚝 떼는
사랑이다. 야무진 햇살이 봄바람이 오래된 고통을 뒤집는
다. 한나절의 풍장(風葬)이다. 문득 바람을 당기면 저만치
옛 기억들이 살아나는 법이다.

잿빛 물결이
지나가고

노오란 꽃자루
솟아오르면

내 거기서
기다리겠노라고
말했지

아지랑이 멜로디에
민들레 두 송이
춤추거든

그 꽃
나도 보고 있다고
말했지
– 시 「길가에 민들레를 보거든」 전문

멀리 아지랑이가 피어오른다. 잿빛을 몰아가는 희망이다. 아지랑이는 봄의 멀미, 아른거림 속에서 잊어버렸거나 잃어버렸던 것들이 노래를 부르면서 노란 꽃잎을 입는다. 지금껏 꿈꾸었던 나도 그 꽃을 보고 있다고 그리고 꿈꾸었다고 말한다.

돌아보면 우리의 삶은 코로나로 어지러웠다. 피할 수도

없었다. 눈물겨웠다. 숨 막혔다. 이웃 사랑하기를 내 몸같
이 사랑하라는 그 말씀처럼 울컥울컥, 느릿느릿 어린 시절
의 추억이 내게로 다가온다.

봄꽃 화창한데
개학은 저 멀리 아지랑이 속에 숨고
자녀들은 차단된 대문 집에 숨었다

머리카락 보일라
비말에 질겁한 웃음소리 보일라
겁나고 무서워 기다리는 등교 시간

한 주 미뤄지고
두 주 미뤄지고
갈 곳이 없는 우리의 아이들
지켜보는 부모님 가슴만 탄다

COVID-19
재앙은 보이지 않은 유령처럼 떠돌아
누구도 안전할 수 없고
피할 곳 없는 현실

이웃 사랑하기를
내 몸과 같이 하라는
성인의 말씀 새기며
확대의 전염 물결 좁혀본다
- 시 「아이들이 없는 거리에서」 전문

창밖의 봄날이 환장하게 곱다. 그럴수록 봄에 비친 내 모습은 보잘 것 없는 상황이다. 코로나 시대에 돈도 명예도 봄볕에 비춰보니 노래 한 소절보다도 못하다. 도대체 내가 이룬 것은 무엇일까? 나는 시대의 어디에 살고 있는가? 절대자는 이웃 사랑을 실천하라고 말한다. 그 사랑을 모두에게 전파되기를 소망한다.

주인, 이대로 날 내버려 둬도
괜찮은가요

올해 여름 가뭄에 조금도
뿌리를 뻗을 수 없었어요

제 곳에 서 있기조차
힘겨웠어요

주변에 서늘한 그늘
찾을 길도 없었어요

작은 잎사귀 하나
내밀지 못했어요

늦은 가을날
엷은 속잎 하나 밀다가
밤새 내린 첫눈에 얼어붙었네요

설마, 뿌리 초자 얼게 두지 않을 거죠
- 시 「메리골드-장미 허브」

우리의 삶은 힘들고 **빡빡**하다. 오롯이 절대자에게 의지할 수밖에 없는 삶이다. 메리골드의 꽃말은 '꼭 오고야 말 행복'이다. 마치 메리골드처럼 행복을 꿈꾸고 소망하면서 우리는 살아간다. 우리 삶은 행복을 기다리는 것이다.

하지만 인생은 내가 생각한 방향으로 흘러가지 않는다. 다만 훌륭하게 살 수 있다. 시인이 생각한 방향에만 답이 있는 것은 아니다. 해답은 모든 방향에 있다. 메리골드처럼 열린 마음으로 순간순간에 집중해야 할 일이다. 힘겨운 겨울이 온다고 해도 봄은 오리니 절대자에게 의지할 수밖에 없다.

바빠서 미처 부르지 못한
여름 노래가 피아노에 갇혔다

하늘은 골진 슬레이트 지붕을
두드리느라 손가락처럼
바쁘게 움직인다

그곳에서 따스한 음률이
묵직한 소리를 흘러 내고 있다

늦게 심은 옥수수수염 빨갛게 물들어
흐르는 빗방울을 받아
올록볼록 악보를 완성하고 있다

거름기 없는 묵밭에
빛바랜 아버지의 얼굴이
알알이 영글어 간다
– 시 「가을비」 전문

  여름날 코로나로 닫혔던 아픔들이 그래도 눈물 젖은 과
거는 눈물 없는 곳으로 흘려보내야 한다. 마침내 갇혔던
여름날의 노래가 가을비에 담겨 속 시원히 들려온다. 따스
한 음률이 묵직한 소리를 내는 것이다. 마침내 늦게 탄생
한 나의 시, 나의 노래는 악보를 완성한다. 다시 오고 가는
계절이 반가워 눈물이 나는 것이다. 시인의 가슴에 문득
아버지의 얼굴이 떠오르는 것이다.

나더러 쓰다고
고개 젓지 마시게
고개 저으며 꿀꺽 삼키면
그만인 것을
나보다 더 쓴 이를
만났으니
자식 앞세운 어미의
입맛이라 하더이다
내 온몸의 진액이
그 어미의 슬프고도 쓴
눈물만 할까
나의 갈라진 뿌리가
그 어미의 갈라진 입술만 하랴

아무 일 없다는 듯
조밭 매며
호미로 내 뿌리 캐낼 때
난 보았지
- 시 「씀바귀꽃이 건넨 말」 전문

인생의 맛은 때론 쓰다. 하지만 그것은 지나가는 과정이
며 삼키면 그만이다. 그러나 나보다 더 힘들고 쓴 인생이
있다. 어미의 삶이다. 시인은 우리에게 묻는다. 내 인생의
쓰고 쓴 아픔의 삶보다 어미의 슬프고도 쓴 눈물만 못하
다. 씀바귀를 캐낼 때마다 어머니에 대한 그리움이 보이는
것이다.

차가워진 그대 마음 녹이려
내 맘속 따끈하게 저었습니다
언제나 준비된 마음으로

우아한 향기도 쓴맛도
갈색 사색이 흐르는 빈 곳도
그대를 위한 것이었습니다

상쾌한 아침에나
나른한 한낮에나
무료한 오후에나

후들거리는 눈물

떨구는 날이면
시린 맘 겨울바람
후벼낼 때면
언제든 찾아 줄 것을 믿었습니다

다시 돌아올 수 없는
추억이기에
속 타는 그리움에 머문 채
그곳에 향기로 달려갑니다
- 시 「아메리카노」 전문

　사랑도 미움도 때가 되면 떠난다. 다시 돌아올 수 없는
추억이기에 속 타는 그리움이 가득하다. 시인은 그곳을 향
기로 달려간다. 시인은 그대 바로 독자를 위해 시를 쓴다.
그대의 차가운 마음을 녹이려고 따뜻한 아메리카노가 되곤
한다. 그리고 속 타는 그리움으로 독자에게 달려간다.

끝없이 펼쳐진
잔잔한 은하수로 돌아가리

평온한 물결
바위를 어루만지는
수평선으로 돌아가리

고요를 달고 흘러나오는
풀벌레 소리 가득한

숲속으로 돌아가리

눈을 감으면
더 멀리 보이는
물소리를 따라가리

초원을 지나 산등성이를 지나
꽃들을 수놓은 바람 따라 가리

아득히 먼 곳이어야 하리
다시는 뒤돌아보지 않을 곳이어야 하리

편히 쉴 곳
본향은 그런 곳이어야 하리

저녁마다 밤마다
새벽에 동이 트기까지 만이라도
그런 곳이어야 하리
– 시 「My home」 전문

　누가 떠나고 있기에, 무엇이 지고 있기에 이리도 아픈가. 신열이 멎을 때쯤에는 꽃 진 자리에서 실컷 울 수 있을까. 시인은 은하수로, 수평선으로 돌아간다고 한다. 저 신록에 섞이려면 숲속으로 돌아가야 한다. 풀옷 하나 걸치지 않고 나는 물소리를 따라 바람 소리를 따라서 가는 곳이다. 세월은 그렇게 흘러간다. 시인은 편히 쉴 곳, 본향을 꿈꾸면서 가슴에 저민 시 한 구절 쓰고 읽으면서 흘러간다.

> 그렇게 잠잠히 흘러가리라
> 주변이 아무리 날
> 어렵게 할지라도
>
> 투명하게 드러나거나
> 희뿌옇게 가려지거나
> 얼음을 방패막으로 삼으면 되지
>
> 굳이 숨을 이유는 없지만
> 눈보라가 밀어닥치는 날에는
> 그처럼 평안할 곳 또 있으리
>
> 물고기들과 자갈들과
> 겨울잠 자는 개구리들
> 품에 안고 있으면 이 또한 행복이지
> 혹한이 드리워져 있을 동안은
> – 시 「얼음 밑으로 흐르는 강물처럼」 전문

세상에 어느 것도 인내를 대신할 만한 것은 없다. 삶을 살아가면서 잔재주는 안 된다. 재주를 가진 사람이 성공하지 못한 경우는 무수히 많다. 재능도 그렇다. 보상받지 못한 재능은 거의 속담처럼 전해진다. 교육도 그렇다. 세상에는 교육받은 낙오자들이 얼마나 많던가. 인내와 결단력이 있으면 무슨 일이든 할 수 있다. 창조성의 비밀은 얼음 밑으로 흐르는 강물처럼 조용히 인내하면서 사는 것이 아닐까? 진정한 창조는 자신의 근본을 감추는 법을 아는 데 있는 것이다. 시인은 인내하고 참으면서 오랫동안 글을 써야 한다. 노력 없이 쓰인 시는 감흥 없이 읽히는 법이다.

신순희 시인은 꾸준히 공부하면서 노력하는 시인이다. 각종 백일장과 공모에 꾸준히 도전하여 훌륭한 성적을 거둔 바 있다.

너나 나나 흙에서 태어났다
흙냄새를 알고
썩어 쾌쾌한 거름 내음 맡고 태어났다
두텁고 거칠든지
얇고 반질거리든지 모두가
언젠가 돌아갈 고향은 흙이다

차다 찬 비바람 맞으며 떨며
서걱거리는 표정을 감추며
웃다가 맺은 열매이다

누군가에게 갇혀 있음에도
행복하고
누군가에게 소망이 될 만한
알맹이를 담고 있어 뿌듯하다

유한한 삶을 초야에 새기든지
유구한 삶을 돌비에 새기고

오랫동안 지켜볼 일이다
누군가의 생(生)을 이어줄 생명이기에
 - 시 「종자와 시인박물관」 전문 - 글벗백일장 수상작품

　좋은 시와 좋은 글은 그 시대를 함께 살아간 공동체와의 어울림 속에서 나온다. 내가 지켜본 신순희 시인은 다양한 문학 활동을 하면서 글벗들과 시를 나누면서 어울리고 다양한 경험 속에서 시를 읊고 즐긴다. 더욱이 자연의 생태와 사회적 맥락에 관심을 갖고 글을 쓴다. 작품을 감상할 때 작가 고유의 개별적인 능력을 충분히 고려해야 하겠지만 시인은 한 개인의 세계관이 그 시대의 현실과 긴밀한 관련을 맺고 있다. 그 때문에 그의 시에는 힘이 있다.

눈으로 시작하여
비로 마무리하는 오월
어느 해보다 변덕스럽게
추웠다 더웠다 번갈아
기류를 타는 옷깃 사이로
마음은 착잡한 얼굴을

내밀고 지냈다
햇살은 아무 일도 없었다는 듯
고운 꽃들을 불러내어
인적이 드문 공원을 홀로
아름답게 꾸몄다
어려움이 얼른 지나가기를

기다리는 것보다
놓여 있는 상황에

자리를 지키는 법을 가르친다
세상이 불공평으로 아우성을 쳐도
자연은 모두에게 공정했다
뿌리로부터 꼬깃꼬깃 간직했던
모양대로의 꽃잎과 나뭇잎을

펼치는 것처럼
우아한 법을 배울 필요가 있다
만든다는 것은
같은 모양으로 찍어내는 흉내를 넘어서
필요한 만큼의 노력이 버무려진다는
자연의 이치를 본받을 필요가 있다
– 시 「5월을 보내며」 전문

필자는 신순희의 시 쓰기의 본질은 창작의 영감을 자연으로부터 받은 데 있다고 본다. 물론 자연 사물에서 문학의 근원을 발견하려는 태도는 시인만의 생각은 아니다. 천기(天機)니 물아일체(物我一體)니 하는 선조들의 자연관에서도 쉽게 떠올릴 수 있듯 기본적으로 자연과 문학은 친연성(親緣性)을 강조한다. 강호가도(江湖歌道)를 노래하는 수많은 시조는 자연의 아름다움을 찬미하고 자연을 가까이하자고 말한다. 이처럼 인간의 도덕을 드러내고 내면을 이야기하는 도구로 지금껏 활용해 왔다. 신순희 시인도 마찬가

지다. 자연과 인간의 질서, 자연과 사회의 조화를 때마다
시로 이야기하려고 했다.

> 삶의 작은 한 자락
> 그리움 닮은 꿈을
> 조각달에 숨겨 놓고
> 달이 점점 부풀기를 기다린다
>
> 새해 여명이 온 세상을 덮을 때
> 차오르는 하늘에 올렸던 대망이
> 여름 태풍 속으로 조각조각 흩어지고
> 잔재로 남은 소원이 꿈틀꿈틀
> 송편 속에 다시 담긴다
>
> 지나온 것에 감사하며
> 지켜주신 것에 감사하며
> 풍성히 내리는 신의 섭리에
> 자연의 신비에 엎드리며
>
> 고요히 빛을 내어
> 가슴을 밝히는 보름달에 갇혀
> 부푼 가슴 기도 소리에 기대어
> 은하계를 여행한다
> - 시 「망월(望月)」 전문

신순희 시인이 자연 사물을 바라보는 관점은 남다른 데가

있다. 그는 자연 사물의 원리를 들어 인간과 사회의 부조리와 불합리함을 비판하는 모습을 보여준다. 자연에 대해서는 창조와 변화의 공간으로 자신이 닮아야 할 존재로 생각하지만 인간과 사회는 모순되고 병들어 간다고 여긴다. 그래서 사물의 생태로부터 얻은 깨달음을 통해서 배움을 얻고 있다.

텅 빈 곳간
싹 틔울 씨앗도 철새가 물어가고
봄이라도 추운 마음
이번에도 재난지원 대상에
밑줄 건너뛰었다

잿빛 하늘
따스한 빗방울 골고루
내려 주는 아침이다
흑이라든지 백이라든지
색깔론에 벗어나야
이모저모 살필 수 있나 보다

차별이 없이 뿌리는 빗줄기는
연둣빛이든지 분홍빛이든지 노랑빛이든지
갖가지 모양대로 존중해 준다

하늘은 이렇게
멀어진 인간보다

아주 가까운 자연으로
공평한 기회를 준다
– 시 「그리고 또 새 봄비」 전문

 다시금 말하지만, 신순희의 시는 자연과 깊은 관련을 맺고 있다. 필자는 더 나아가 신순희 시인의 시 쓰기의 주요한 특성을 아예 '생태시'라는 용어로 명명하고 싶다. '생태시'란 용어는 아직까지 학계에서 일반화되어 있지 않지만 많은 사람들이 관심을 갖고 있다.

COVID-19가 끊어 버린
만남의 길
표독스럽고 냉혹하다

더불어 살던 생태계
무너지고
비대면이라는 낯선 말
허공을 밟아 올랐다가
아래로 낮게 줄지어 온다

말수도 줄고
듣는 귀도 나만을 위한 것
멀뚱거리는 시선은
내면의 고민을 깊이 파고 있다

머릿속의 상상은

아무 계획이 될 수 없다
지금, 누가 누구를 일으키겠는가
- 시 「단절 속에 피는 목마름」 전문

생태시는 오늘날 도구적이고 폭력적으로 변해 가는 글쓰기를 극복하는 대안이 될 수 있다고 믿는다. 인간의 마음을 치유하고 생명을 살리는 언어 회복에 크게 기여할 수 있다고 믿는다.

씨앗은
비바람을 맞으면서
웅크리고 있다가
어느 곳에나
스스로 걸어가거나
가고 싶은 곳에 머물지 않고
떨어뜨려 놓은 그곳에서
각자의 열매를 맺는다

곡식은
뿌려진 자리에서 자란다
양지든지 음지든지
동서남북 어디든지
주인이 흩어 뿌려 준 대로 살아간다

인생은
강물 아래 자갈 구르듯

흘러가는 방향대로 머물러
더 가야 할 길이 있을지 기다린다
- 시 「풍향은 시곗바늘처럼」 전문

 씨앗처럼 곡식처럼, 뿌려진 대로 바람을 따라서 그렇게 자라고 성숙한다. 그리고 인생도 마찬가지다. 강물아래 자갈 구르듯이 흘러가는 방향대로 흐른다. 하늘의 섭리, 말 그대로 자연의 이치에 기댄 것이다.
 21세기 지구는 온갖 오염과 이상 기후, 코로나, 미세먼지 등으로 중병에 걸려 있다. 비단 물리적 환경뿐만 아니라 정신적 환경도 크게 오염되었다. 인류는 한목소리로 생태계의 위기를 근심한다. 생태에 대한 관심은 1970년대 이후부터 활발해지더니 이제 생태학은 21세기의 핵심 키워드가 되었다. 따라서 신순희 시인의 시 작품이 지닌 의미가 매우 소중하다.

    꽃들은
    햇살을 바라보면서도
    한눈을 팔 때가 있다

    벌, 나비는
    향기를 따라
    날갯짓을 한다

    사랑은 결국

선택이다
– 시 「머문 자리」 전문

　정리하자면 신순희의 시에 나타난 자연 사물의 생생한 몸 짓이야말로 가장 이상적인 시 쓰기라고 말하고 싶다. 그리 하여 자연 사물과 교감하고 자연 사물에서 얻은 깨달음을 시 쓰기로 연결했다. 나아가 단순히 자연을 감상하는 차원 에 머물지 않고 사물의 원리와 삶의 원리, 생태를 현실과 문명에 적용하고 고민하는 실천적인 시 쓰기를 지향하고 있다.

　이제 자연 사물의 생태를 인간과 사회로 연결시키는 그의 시 쓰기의 가능성에 주목하고자 한다. 나아가 자연 사물에 대한 표현이 인간과 사회를 향해 마음껏 펼쳐지기를 소망 한다. 작은 소망이 있다면 우리 겨레의 문학인 시조에 관 심을 갖고 탐구하여 선열이 지닌 자연 사랑을 배웠으면 한 다. 그래서 본인이 지닌 재능을 맘껏 발휘할 수 있는 영역 을 좀 더 확대했으면 한다.

　다시금 신순희 시인의 두 번째 시집 출간을 진심으로 응 원하고 축하한다. 그의 건강과 건승을 기원한다.

■ 글벗시선194 신순희 두 번째 시집

그렇게 잠잠히 흘러가리라

인 쇄 일 2023년 4월 28일
발 행 일 2023년 4월 28일
지 은 이 신 순 희
펴 낸 이 한 주 희
펴 낸 곳 도서출판 글벗
출판등록 2007. 10. 29(제406-2007-100호)
주   소 경기도 파주시 와석순환로 16,(야당동)
         롯데캐슬파크타운 905동 1104호
홈페이지 http://guelbut.co.kr
E-mail   juhee6305@hanmail.net
전화번호 031-957-1461
팩   스 031-957-7319
가   격 12,000원
I S B N 978-89-6533-252-7 04810

* 잘못된 책은 바꿔 드립니다.